I0580350

Santos CS Bermejo

Geschichten aus dem Medway

INDEX DER KURZGESCHICHTEN:

PROLOG

An alle Erwachsenen:

Kinderliteratur war für mich schon immer eine Möglichkeit, die Welt zu betrachten, die Realität zu verstehen und das Leben zu erklären.

Seit jeher sehe ich in der Geschichte, im Märchen und in der Parabel ein unermessliches Reservoir an Weisheit und ein privilegiertes Mittel zur Vermittlung von Wissen und Kultur.

Zwar richteten sich Klassiker wie „Gullivers Reisen", „Die Schatzinsel" oder „Platero und ich" ursprünglich an Erwachsene, doch mit dem Aufkommen der Moderne und der Entdeckung von Kindheit, Jugend und Adoleszenz als entscheidende Phasen in der menschlichen Entwicklung änderte sich diese Zielgruppe allmählich.

Klassische Themen wie Abenteuer oder die Entdeckung neuer Welten werden später durch Themen bereichert, die mehr mit der Überwindung von Ängsten, mit Freiheit, mit Sehnsucht, mit der Welt der Träume und Wünsche, mit der Vermittlung von Werten und in jüngster Zeit mit der ganzen Welt der psychischen Gesundheit, der Gefühle und des Umgangs mit ihnen zu tun haben.

In allen Fällen war meine Herangehensweise an Kinderbücher immer die Art und Weise, in der ich die großen und grundlegenden Pfeiler der Realität, wie wir sie kennen, infrage stellen konnte, und in der Folge das persönliche Leben und seine Beziehung zur Gesellschaft.

Ich muss zugeben, dass es mir nicht immer gefällt, wie Kinderbücher dazu benutzt werden, Anhänger für bestimmte Ideologien zu gewinnen. Aber selbst dann wirkt die Magie dieser Bücher, und sie haben die erstaunliche Fähigkeit, neue Einsichten zu vermitteln. Das geht über ihre ursprüngliche Bedeutung hinaus und hebt sie in Dimensionen, die nicht manipuliert werden können. Der symbolische Weg, den der Mensch gewählt hat, um die Wahrheit des Lebens zu verstehen, übertrifft den Autor und die Leser, und die Geschichten tragen Botschaften, die über die Absichten des Autors hinausgehen.

Ich kann nicht behaupten, dass sich Kinderliteratur an Kinder richtet. Ich kann auch nicht behaupten, ohne zu lügen, dass ich, wenn ich schreibe, nur für Kinder schreibe. Ich wäre auch nicht ganz ehrlich, wenn ich nicht sagen würde, dass ich schreibe, um mich selbst infrage zu stellen und um zu sagen, dass das Leben ein Geheimnis ist, das ich durch eine Geschichte besser verstehen kann. Medway ist ein Fluss im Südosten Englands. Sein Einzugsgebiet ist eines der schönsten und üppigsten im Vereinigten Königreich. Er gab einer wichtigen Schlacht im I. Jahrhundert seinen Namen, die entscheidend für die Ankunft der Römer auf der großen Insel Britannien war. Eine Stadt, Medway, und sogar eine Region des Landes sind nach ihm benannt.

Der Fluss Medway mündet in die Themse. Zuvor durchfließt er die großartige Landschaft, die als „Garten Englands" bekannt ist, ein Spitzname, der durch die Schönheit der Felder und die Komplexität der Gärten, in denen die englische Vorliebe für diese Art der Blumendekoration zum Ausdruck kommt, gerechtfertigt ist. Die farbenfrohen Täler und Gärten werden durch eine Explosion von Düften bereichert und beherbergen, wie in einer perfekten Melodie, eine Vielzahl von Tieren und Kreaturen aller Art.

Das historische Erbe der Region, das sich in den großen Schlössern und der Architektur von Städten wie Canterbury, Tonbridge, Sevenoaks oder Tunbridge Wells widerspiegelt, macht diese Region noch attraktiver und malerischer.

Hier vereinen sich Geschichte und Natur, Schönheit und Moderne, Brauchtum und Harmonie auf einzigartige und manchmal unwiederholbare Weise.

Die Beobachtung war die wichtigste Voraussetzung für die meisten Fortschritte in der Geschichte der Menschheit. Aus der Beobachtung der Natur entwickelte sich das, was nach und nach als „Wissenschaft" bekannt wurde.

Der Blick nach oben, das Betrachten des Firmaments, hat uns in der Vergangenheit den Himmel lesen lassen und uns geholfen, uns zu orientieren. Er hat uns aus der eigenen Enge herausgeführt und zur Begegnung mit anderen geführt: Wir haben andere Kulturen kennengelernt und unterschiedliche Lebensweisen miteinander geteilt.
Der Blick nach innen, die Besinnung auf das eigene Ich, ermöglichte es uns, die menschliche Seele zu erforschen und tiefer in unser Inneres vorzudringen: Wir konnten uns selbst und die verschiedenen sozialen Verhaltensweisen, die unsere individuelle und gesellschaftliche Realität ausmachen, besser verstehen.

Die Beobachtung war die Alma Mater, die jeder einzelnen Geschichte in diesem Buch, das du in den Händen hältst, einen Inhalt gegeben hat.

Diese „Geschichten aus dem Medway" sind eine Sammlung von sieben Erzählungen. Sieben völlig unterschiedliche Geschichten, die jedoch alle in die gleiche Richtung gehen. Sie entstehen, wenn wir das Leben um uns herum beobachten und genießen.

Eingebettet in eine malerische Landschaft, die vom Fluss Medway durchzogen wird, haben sie menschliches Verhalten und eine ganz besondere anthropologische Grundlage gemeinsam, die man zwar als universell bezeichnen könnte, die aber auf einem sehr spezifischen und kraftvollen Menschenbild beruht: Wir sind dazu berufen, viel mehr zu sein als das, was wir leichtfertig für uns selbst halten.
Ich hoffe, du hast genauso viel Spaß daran wie deine Kinder, für die diese Geschichten geschrieben wurden. Lass mich jetzt bitte mit ihnen allein: Ich werde ihnen die gleiche Geschichte erzählen, aber in ihrer eigenen Sprache.

VORWORT:
Ich wende mich an euch, an die Kleinen in diesem Hause.

Hallo Freunde!

Wie geht es euch?

Die Welt ist groß und wunderbar. Aber man muss sie verstehen.

Wenn man genau hinschaut, ist sie voller Geschichten und Abenteuer. Nicht alle Erwachsenen verstehen das. Aber ihr schon.

Ich lade euch ein, all diese Geschichten kennenzulernen und sie euch zu erklären, damit ihr sie versteht, damit ihr das Leben versteht. Das nenne ich **Kinderliteratur.**

Dieses Buch heißt „Geschichten aus dem Medway", weil die Geschichten rund um den Fluss Medway spielen. Der Fluss liegt im Südosten eines Landes namens England. Nimm eine Karte und suche den Fluss. Wenn du Hilfe brauchst, frag einen Erwachsenen.

Dieser Fluss fließt fast parallel zu einem anderen sehr wichtigen Fluss, der Themse, nachdem er London durchquert hat. Hast du ihn gefunden?

Der Fluss Medway fließt durch den sogenannten „Garten Englands". Er ist riesig und voller Bäume und Pflanzen aller Art. Hunderte von Tieren leben hier friedlich und von Menschen ungestört.

Bitte in einer dieser Nächte einen Erwachsenen an deiner Seite, dich aus der Stadt zu bringen, wo es keine Lichter gibt. Schau nach oben: Achte darauf, dass es an diesem Tag keine Wolken gibt. Du wirst Hunderte von Sternen sehen. Je mehr du schaust, desto mehr kannst du sehen.

Wir nennen das „**Beobachten**", weil man Dinge wahrnimmt, die schon immer da waren, die man aber bisher nicht bemerkt hat.

Die Geschichten, die du gleich lesen wirst, sind aus der Beobachtung der Welt und ihrer Bewohner entstanden. Denk daran: Je mehr du schaust, desto mehr kannst du sehen.

Viel Spaß mit den sieben Geschichten. Und wenn du fertig bist, sag mir, welche dir am besten gefallen hat.

Santos CS Bermejo.

Mister Egg

„Es ist nicht alles Gold, was glänzt".

Eines frühen Morgens machte sich Mister Egg wie immer auf den Weg zum Bach. Er hatte kleine Augen; dünne Ärmchen; kurze Beine; einen gestutzten Schnurrbart; und einen braunen Hut mit einer weißen Hühnerfeder auf dem Köpfchen.

Mister Egg war ein Ei. Aber kein gewöhnliches Ei. Mister Egg war das beliebteste und begehrteste Ei, das es je auf den fernen Aran-Inseln gegeben hatte. Freundlich, aufmerksam, liebevoll und verspielt lief er die Hügel hinauf und hinunter, immer pfeifend und sein Lied summend.

«Mister Egg grüßt dich, tirili, tirilo, tirila;
großer Freund und Gefährte, guter Nachbar;
tritt ein in meine Welt, sei mein Gefährte heut,
Egal, wer du bist, die Freundschaft erfreut.»

So ging Mister Egg pfeifend und singend weiter und dachte gedankenverloren nach, als er plötzlich „plumps" über einen Kieselstein auf dem Weg stolperte. Mister Egg rollte hin und her. Er rollte und rollte, und weder seine kurzen Beine noch seine dünnen Arme konnten ihn aufhalten. Er rollte und rollte und rollte, bis er glaubte, nie wieder aus eigener Kraft aufstehen zu können.

Aus der Ferne hörte er ein Kätzchen näherkommen: So kuschelig, so weich, so süß, so freundlich! Heimlich versuchte das Kätzchen, sich um Mister Egg zu schleichen, ohne ein Wort zu sagen.

„Bitte, liebes Kätzchen, ich flehe dich an: Hilf mir auf die Beine."

„Ich wünschte, ich könnte, Mister Egg! Mein Herrchen und Frauchen sind unterwegs", sagte das gute Kätzchen und leckte sich die Schnurrhaare, „und wenn sie nach Hause kommen, muss ich an der Tür stehen, denn sie erwarten mich." Das Kätzchen machte sich zufrieden auf den Weg, während Mister Egg rollte und rollte und nicht stehen bleiben konnte.

Plötzlich hörte er ein Bellen.

„Bitte, liebes Hündchen, ich flehe dich an, hilf mir auf die Beine.",
sagte Mister Egg.

„Du weißt, dass ich das nicht kann, Mister Egg. Wir Hirtenhunde
sind immer im Einsatz. Meine Schafe warten auf mich und ohne
mich wissen sie nicht wohin. Wer würde sie beschützen, wenn ich
nicht da wäre? So fleißig, so verantwortungsbewusst, so treu, so
hingebungsvoll!" Der kleine Hund umrundete Mister Egg und ging
weiter den steinigen Weg entlang.

Mister Egg hatte die Hoffnung schon aufgegeben, wieder auf die Beine zu kommen, als er in der Ferne leise Schritte hörte. Es war ein Hamster, der gerade sein tägliches Training auf dem Laufrad beendet hatte - so aktiv, so fröhlich, so folgsam, so verspielt!

„Bitte, mein Freund, ich flehe dich an, hilf mir auf die Beine."

„Ich wünschte, Mister Egg, ich könnte mich bewegen und hätte die Kraft, dich aufzurichten! Ich sitze schon seit Stunden in meinem Laufrad, ich bin erschöpft, besiegt, übermüdet, wie kann jemand so Kleines dich heben, so schwer?" Und der Hamster machte sich auf die Suche nach einem Bett, auf dem er sich ausruhen konnte.

Langsam wurde es dunkel. Mister Egg lief weiter. Er wollte zum Bach, um das kühle Wasser zu trinken und Wolle zu sammeln, aus der er später einen schönen Pullover stricken wollte.

„Wie warm", dachte Mister Egg, während er herumrollte, „der Pullover, den ich aus dieser Aran-Wolle stricken werde!" Als er eine hässliche, übel riechende Hyäne herumlaufen sah, so heimtückisch, so egoistisch, so gefährlich, so bösartig!

„Guten Morgen, geheimnisvolle Gestalt des Weges: Brauchst du meine Hilfe, mein guter Freund?", sagte die Hyäne lächelnd und schnüffelte mit ihrer Schnauze herum.

Sofort öffnete Mister Egg die Augen, atmete einen Augenblick dankbar auf, als die Hyäne ihm aufhalf, und nun sangen Hyäne und Mister Egg wie Freunde.

«Mister Egg und die Hyäne, tirili, tirilo, tirila;
sind Freunde, Gefährten und gute Nachbarn;
tritt ein in meine Welt, sei mein Gefährte heut,
Egal, wer du bist, die Freundschaft erfreut.»

Und hier endet die Geschichte von Mister Egg, der von da an keine
Angst mehr vor dem Hinfallen hatte, weder im Gelände noch auf
dem Weg, denn er wusste, dass er jetzt einen guten Freund hatte,
der ihm zu Hilfe kommen würde.

Urteile nicht nach der ersten Sicht,
denn Täuschung webt oft ihr Gesicht.
Ein Trugbild, wenn Unverständnis regiert,
die Wahrheit im Schatten verliert.

Der Zauber der Erkenntnis, so fein,
sei dankbar, wenn sie leuchtet, klar und rein.
Doch wenn sie sich verschleiert, im Dunkel ruht,
hass sie nicht, wie Mister Egg es tat, so voller Wut.

Derjenige, der ruhig erscheint, wird kommen:
gutmütig, jubelnd oder besonnen.
Es kommt, wer nicht anwesend zu sein scheint:
abstoßend, unverschämt, gemein.

Mach dir bewusst, dass ein Freund nicht der ist,
der bloß mit schönen Worten spricht.
Er entschuldigt sich nicht in leeren Phrasen,
sondern durch Taten lässt er Freundschaft erstrahlen.

Die Wühlmaus Tillo

„Jedes Ferkel hat seinen eigenen Sankt-Martins-Tag".

Unter dem Quittenbaum, in Blau, Wühlmaus Tillo lacht,
Mit der Grille am Morgen, in Abenteuern erwacht.
Nachmittags zur Burg, wo die Fantasie spielt,
Abends mit Garnknäueln, seine Welt sich wiegt.

Wenn eine Ente kam, Geschichten im Gepäck,
Tillo verbarg die Bücher, genoss den Erzählungszweck.
Doch bei Don Gato und dem kreativen Strich,
Versteckte er die Farben und hielt sie fest, gewiss.

Eines Tages kam ein Eichhörnchen, Fangen im Sinn,
Bevor es die Tür öffnete, spähte Tillo durch das Guckloch hin.
„Komm mit auf den Dachboden," rief er geschwind,
„Die Hündchen warten dort, ein Spiel, das verbind't."

Eines Morgens kam sein Freund, das Schwein, vorbei,
Um Peppa Pig und Zeichentrickfilme gemeinsam zu sehen, so frei.
Tillo schnappte sich die Fernbedienung, wie es bei seinem Bruder geschah,
„Paw Patrol" lief, dann „Groovy der Marsianer", ein Spaß für die Zwei,
juchha!

An einem lauen Nachmittag, Enriqueta, die Zieg',
mit ihrem Fahrrad, lud Tillo zum Tennis ein, so lieb.
Doch Tillo, in Flip-Flops, wollte nicht mit,
er blieb in seiner Hütte, aß Kroketten, im Glück.

Im Sommer lud ihn seine Nachbarin ins Schwimmbad ein,
um den Nachmittag zu teilen, mit Freude und Sonnenschein.
Tillo sagte zu ihr: „Avelina, weißt du was?
Auf den Hügel geh ich, zu den Hühnern, um zu spielen mit Spaß."

Seit Januar in der Schule mit seinem Freund Calimero,
fröhlich und fleißig, Ingenieur werden, ein Traum so klar.
Mathe, Soziologie, Märchenstunde, Pausen und leichtes Essen,
immer verantwortlich, immer der Erste, ohne je nachzulassen.

Abends mit Papa, im Dämmerschein so mild,
Märchen, Geschichten, Tillo lauschte, beglückt und wild.
Fröhlich und strahlend, bei einem märchenhaften Plan,
böse Gesichter, wenn die Geschichte nicht so verlief, wie er fand.

Eines Tages klopfte der Chamäleon-Postbote an der Tür,
mit einem großen Pappumschlag vom Postamt, pur.
Tillo voller Vorfreude, das Paket vor allen entfalten,
von Amazon, ein Schatz, in den Händen halten.

COLEG
CO TO

Doch in der Höhle eines Tages, so still,
ein Aufschrei durchzog, ein Moment, der alles füllt.

Paco, das Erdmännchen, trat ein mit Macht,

erschreckte alle, brachte Unruhe in den Tag.

„Hände hoch!", sagte Paco, mit einem Augenzwinkern wild,

„Raubüberfall!", rief das Erdmännchen, das war sein Stil.

Geschichten, Spielzeug, Plunder, alles in einem Sack,

Tillos Haus wurde leer, beim Raubüberfall, oh Schreck.

Die Wühlmaus traurig, ihr Bau so leer,

machte sich auf den Weg, der Trauer schwer.

Suchte nach Freunden, um zu teilen ein Spiel,

damit der Verlust nicht schwer so fiel.

Er ging zu Enriqueta, um Tennis zu spielen,
doch sie war nicht da, mit dem Fahrrad unterwegs, ohne Verweilen.

Die Nachbarin traf er, den Pool im Blick,
doch sie war beschäftigt, mit ihrer Nichte im Glück.

Im Haus von Don Gato, eine Geschichte lesen wollt' er,
doch Don Gato malte mit Freunden, ein fröhliches Zirkular.

Enttäuscht suchte er das Eichhörnchen, auf den Dachboden stieg er,
doch es spielte Fangen, der Dachboden war leer.

Niedergeschlagen und einsam sah er traurig drein,
nicht mal Fernsehen konnte er mit dem kleinen Schwein.

??????

Das Leben gibt zurück, wie wir es gestalten,
teilen wir Freude, strahlen andere, ohne Halt.
Geben wir Liebe, kehrt sie sanft zurück,
in diesem Tanz des Gebens, ein harmonisches Stück.
Tillo hatte Glück, Freunde wie keine anderen,
die nach ein paar Tagen wieder bei ihm waren.
Ein unsichtbares Band, das trotz der Ferne blieb,
in dieser Lebensmelodie, die von Freundschaft schrieb.

Die Hyäne Helena und der Nerzschal

„Auch wenn ein Affe sich in Seide hüllt, bleibt ein Affe ein Affe".

Tonbridge Grammar School:
Du wirst immer ein Teil von mir sein,
wo auch immer ich bin.
(Februar 2022)

Es war einmal eine Hyäne namens Helena. Helena arbeitete morgens im Supermarkt. Nachmittags fuhr sie mit ihrem Vater Fleisch in der Metzgerei aus. Und in ihrer Freizeit lieferte sie den Leuten Pizza nach Hause.

Helena arbeitete hart: Sie ruhte sich nur sonntags aus und trug sogar Briefe und Flugblätter aus, um sich etwas dazuzuverdienen.

„Warum so hart arbeiten", magst du vielleicht denken. Helena hatte ein Geheimnis: Sie wollte einen Schal kaufen. Ja, einen Schal! Aber nicht irgendeinen, sondern einen Nerzschal! Einen protzigen Nerzschal, den sie sich um den Hals wickeln konnte, um vor ihren Freunden fein gekleidet aufzutreten: kultiviert, elegant, raffiniert und sehr vornehm.

Carn

Helena, die Hyäne, hat drei Jahre, fünf Monate und zwei Tage ununterbrochen gearbeitet, um das Geld für ihren pelzigen Nerzschal zusammenzubekommen. Endlich hatte sie es geschafft.

Eines Morgens verließ sie ihr Haus und ging zu dem Geschäft, in dem sie den schönen Schal so oft gesehen hatte. Sie ging hinein und kaufte ihn. Sie legte ihn sich um den Hals, nicht einmal, nicht zweimal, nicht dreimal, sondern viermal - so lang war er. Und sie ging stolz durch die Straßen der Stadt.

Helena dachte, alle würden sie anstarren, so pummelig! Aber in Wirklichkeit waren alle zu sehr mit sich selbst beschäftigt.

Und was tat Helena, als sie den ersehnten Schal hatte? Nun, sie ging in die Savanne. Sie wollte Nico, den Löwen, und seine kleinen Löwenfreunde beeindrucken. Sie ging vor ihnen her. Sie lief mit ihrem schönen Schal hin und her.

Aber die Löwen lachten sie hinter ihrem Rücken aus, weil sie eine Mähne hatten, die viel schöner war als dieser Schal. Außerdem hatten sie sie immer um den Hals geschlungen und sahen so majestätisch aus!

„Du beeindruckst hier niemanden", sagte Nico, der Löwe, der ein guter Freund war, eines Tages zu ihr, „aber wenn du mit deinem Nerzschal ein bisschen so aussehen willst wie wir, dann bist du herzlich willkommen!"

Wie traurig!

Helena hatte in der Savanne niemanden mit ihrem Schal beeindruckt. Es war, als wäre sie eine von den anderen. Also ging Helena, die Hyäne, in den Wald, um Manolo, den Fuchs und seine Freunde zu beeindrucken.

Sie rannte den Berghang hinauf und hinunter, ohne anzuhalten. Sie stolzierte vor dem Bau der Füchse herum, damit sie sehen konnten, wie sie sie mit ihrem Nerzschal blendete.

Die Füchse lachten Helena hinter ihrem Rücken aus, denn ihre Schwänze waren viel pompöser und protziger als der Nerzschal. Und wie erhaben die Schwänze der Füchse aussahen!

„Hör mal, Helena", sagte Manolo, der Fuchs, der ein guter Freund war, „du beeindruckst hier niemanden, aber wenn du mit deinem Nerz-Schal ein bisschen mehr wie wir aussehen willst, dann bist du herzlich willkommen! Du könntest als eine von uns durchgehen."

Das machte Helena sehr traurig. Sie wollte nicht wie die anderen sein. Sie wollte anders sein, originell. Also ging sie nach Hause.

Auf dem Rückweg durchquerte sie die Wüste.

Bald begegnete sie dem Kamel Fulgencio. Sie wickelte ihren Schal um und stolzierte vor ihm her.

„Hallo Fulgencio, gefällt er dir? Ich kann ihn dir leihen. Schau, zieh ihn an, leg ihn dir um“, sagte Helena zu dem Kamel und wickelte ihren Schal um seinen langen Hals.

Und weißt du was? Das Kamel trug ihn keine Minute. Sofort nahm es ihn ab und sagte: „Puh, es ist so heiß, um Himmels willen, nimm ihn ab! Und was hat ein Schal in der Wüste zu suchen“, dachte Fulgencio, das Kamel.

Selbst ein altes Kamel konnte Helena mit ihrem Nerzschal nicht beeindrucken.

Die Hyäne und das Kamel unterhielten sich, als sie in der Ferne ein Erdmännchen kommen sahen. Traurig wollte Helena dem seltsamen, rustikalen und hässlichen Tier den Nerzschal schenken: „Hier, ich schenke ihn dir, damit du wenigstens ein bisschen vornehmer aussiehst“, sagte die Hyäne.

„Ich brauche mich nicht zu kleiden“, sagte das Erdmännchen bestimmt, „außerdem habe ich alles, was ich brauche“, und es schien sich seiner Sache sehr sicher zu sein.

„Du? Du hast alles, was du brauchst?“, rief Helena ihm zu, erstaunt, dass er wie ein so bedürftiges Tier aussah … und lachte. Sie lachte ohne Unterlass. So laut, wie nur Hyänen lachen können. Sie konnte mit dem Lachen nicht aufhören. Sie lachte sich kaputt.

Das Erdmännchen war beeindruckt von dem lauten Lachen. Auch das Kamel staunte nicht schlecht. „Was für eine lustige Hyäne", dachten beide.

Die Nachricht verbreitete sich in alle Ecken des Ortes. Tiere kamen von weit her, um zu sehen, wie die Hyäne in Gelächter ausbrach. Der Löwe Nico näherte sich. Und Manolo, der Fuchs, auch. Die Tiere kamen von weit her, um sie zu bewundern: Wie originell und seltsam diese Hyäne war! Was für ein ansteckendes Lachen!

Moraleja:

Wer drauf bedacht, im Rampenlicht zu stehen,
endet wie alle, im Strudel des Geschehens.
Denn wahre Einzigartigkeit versteckt sich leis,
in den eigenen Farben, im Inneren meist.

Amik, der Architekt

„Zu jedem guten Baum gehört auch ein guter Schatten".

Alle Vögel und Fische schwiegen: Schschsch. Alle kleinen Tiere der Ebene
verstummten auf einmal und versteckten sich: die einen hinter den Stämmen,
die anderen zwischen den Zweigen der Bäume; die kleinen Mäuse gruben
sich bis zu den Wurzeln hinunter; die Frösche sprangen in das Wasser des
Baches; und die, die Flügel hatten, flogen davon.

Plötzlich war es still im Wald.

Zwischen den Felsen lugten haarige, lustige Wangen hervor. Ganz in der
Nähe witterte eine kleine Nase, was auf sie zukommen würde. Bald tauchten
winzige, aber weit geöffnete Augen auf, die überall hinschauten. Dann kam
ein pummeliger, weicher, gepolsterter kleiner Körper zum Vorschein: die
kleinen Pfoten wie die eines Waschbären, die kleinen Beine wie die einer
Ente, und der Schwanz, hm, ein Paddel, eine Flosse, ein Ruder, ein Ruder!

„Kommt alle herein, es ist leer!", lud Amik, der Biber, ein und blickte dabei zu seiner Frau Algonquin und seinen beiden Söhnen, die hinter ihm gingen. „Ich bin so müde!", klagte einer von ihnen.

„Dieser Wind lässt mich keinen Schritt mehr gehen!", murmelte der andere erschöpft.

„Der Wind ist nie günstig für den, der nicht weiß, wohin er geht", antwortete ihr Vater, „aber ich glaube, wir sind angekommen, und von nun an wird dies unser Zuhause sein."

Amik und Algonquin sahen sich an. Es war das dritte Mal in ihren 20 gemeinsamen Jahren, dass das Paar umzog. Dieser Ort schien perfekt zu sein.

Aber ... plötzlich schreckte ein Geräusch aus der Ferne die ganze Familie auf. Alle sahen sich um, gespannt und interessiert, als hinge ihr Leben davon ab, woher das Geräusch kam.

„Woher kommt es?", sagte einer von ihnen.

„Seht! Da drüben sind Erlen und Kirschbäume! Es versickert sicher zwischen den Wurzeln der Bäume." Ein Rinnsal floss durch die Bäume. Was für ein schöner Bach!

„Beeilt euch! Wir haben keine Zeit zu verlieren", sagte Amik. „Außerdem ist es spät, es ist Essenszeit, also lasst uns an die Arbeit gehen! Wer nicht isst, arbeitet nicht; wer aber essen will, muss sich bewegen."

Alle begannen zu nagen, so viel und so schnell sie konnten. Das Geräusch musste aufhören. Das Fließen des Wassers musste aufhören. Bald türmten sich Zweige und Blätter, kleine Stämme und Stöcke am Ufer des Baches.

Amik begann, einen Damm zu bauen, um die Strömung zu stoppen. Er gab Anweisungen, wo und wie jeder Ast zu platzieren war. Die ganze Familie arbeitete auf dasselbe Ziel hin: das leise Rauschen der Strömung zu stoppen.

„Ich bin müde", sagte einer der Söhne, „müde von all dem Nagen."

„Ich auch", fuhr der andere fort.

„Schweig! Schschsch", sagte Amik. „Hör zu: Man hört noch das Wasser fließen, wenn auch weniger; nun ruh dich aus, der Morgen bricht an."

Alle gingen schlafen und am nächsten Morgen - Überraschung! Der kleine Bach vom Vortag hatte sich in einen schönen Fluss mit Wasser verwandelt. Das Wasser war gestiegen und nun sah es aus wie ein kleiner See.

Viele Tiere waren früh aufgestanden, um zu sehen, wie sich ihr Revier in einen Teich verwandelt hatte. Der Damm stoppte den Wasserfluss, das Wasser staute sich und verwandelte sich in einen Sumpf. Es war wie ein Wunder, und das alles dank der Barriere, die die Biber gebaut hatten und die den Wasserfluss fast zum Stillstand brachte.

Viele andere kleine Tiere kamen an diesen Ort, und als sie ihn sahen, blieben sie für immer an dieser Quelle des Lebens.

„Guten Morgen, Familie", gähnte Amik und streckte sich, als die anderen Biber aus ihrem Bau kamen, der aus Ästen und Stämmen bestand, die sie in der Nacht zuvor abgenagt hatten, „Guten Morgen, Familie. Das Wasser läuft noch und ich habe Hunger! Wer nicht gerne arbeitet, der wird am Ende ohne Freude arbeiten."

Und die vier Biber fingen an, ihr Frühstück aus den gleichen abgenagten Ästen und Stämmen zu essen, die sie in den Damm gelegt hatten. So stauten sie nach und nach das Wasser vollständig auf. Durch das Aufstauen des Wassers entstand ein wunderschönes Feuchtgebiet.

Je mehr Wasser im Teich war, desto mehr Fische lebten darin. Je höher das Wasser stieg, desto mehr Pflanzen, Sträucher und Bäume wuchsen um den Teich herum. Je mehr Bäume und Fische es gab, desto mehr Vögel nisteten dort.

Kein Eichhörnchen, kein Frosch im Revier,
keine Kröte, Schildkröte, Maus, wollten fort
von hier.
Im Biberwald, da wollten sie bleiben,
Eulen, Salamander, Lachs, im harmonischen
Treiben.

Elche mit Eulen, Trommelschlag im Wald,
Harmonie des Lebens, des Fortschritt bald.
Durch die Biberarbeit, mit gutem Willen,
im Biberwald, wo Engagement ist genug.

Im Leben, wie im Wald, gibt's stets jemanden,
der für andere arbeitet, koordiniert mit bestem
Verstehen.
Biber, Wölfe, Kojoten, und auch Füchse,
alle kamen, aber das ist ein anderes Thema,
denn die Geschichte neigt sich dem Ende.

Das Eichhörnchen Rita

„Werke sind Liebe, und keine guten Argumente".

Rita, das kleine Eichhörnchen, lebte glücklich und immer zufrieden am Hang des jetzt verlassenen Schlosses.

Rita war fröhlich, lustig, sehr schnell und immer gut gelaunt.

Rita liebte es, jeden Morgen hinunter zu gehen, um die frischesten Nüsse im Tal zu suchen, sie war so gierig und liebte es, die Bäume hinauf und hinunter zu klettern, zu krabbeln und sich durch die Ritzen des Steinzauns zu zwängen, der zum Bach führte!

Immer wieder rannte sie den kleinen Bach entlang, der sich um den Schlossberg schlängelte.

„Guten Morgen, Täubchen", sagte das kleine Eichhörnchen Rita, wenn es an seinen Taubennachbarn vorbeikam. Sie bekam immer die gleiche Antwort: ein lautes Glucksen, während sie mit ihren pompösen Hälsen hin und her wippten: „gurr, gurr".

„Guten Morgen, Taube", fragte eines Tages das Eichhörnchen Rita, „glaubst du, dass es heute regnen wird, da du näher an den Wolken bist?"

Und so ging das kleine Eichhörnchen ohne Regenschirm in den Park, um Nüsse zu suchen und mit seinen Freunden zu spielen.

Plötzlich fing es an zu blitzen, dann zu regnen, dann zu donnern, und das kleine Eichhörnchen musste bis auf die Haut durchnässt nach Hause zurückkehren.

„Guten Morgen, kleine Taube", sagte Rita das Eichhörnchen am nächsten Tag, „du, die du so früh aufgestanden bist, um die Sonne zu sehen, hat sie dir gesagt, ob es heute kalt wird?"

Ihre Nachbarin antwortete wie immer: „gurr, gurr". Rita schaute ihre Nachbarin an. Sie bewegte ihren Kopf erst zur einen, dann zur anderen Seite. Sie blinzelte, und ohne Mantel oder sonst etwas, einfach so, wie sie war, rannte sie in den Park, um sich die frischesten Erdnüsse des Tages zu holen und mit ihren kleinen Freunden zu springen und Fangen zu spielen.

Sie hatte noch nicht einmal den Zaun am Bach erreicht, als ein sehr kalter Wind aufkam. So kalt und eisig, dass Rita nach Hause rennen musste, um das Feuer anzuzünden und sich zu wärmen.

Als sie vor dem Feuer saß und dem Holz beim Brennen zusah, fragte sie sich immer wieder: „Will sie mir nicht antworten? Kann es sein, dass sie mich nicht versteht oder dass ich sie nicht verstehe?"

„Guten Morgen, Täubchen", sagte Rita das Eichhörnchen am nächsten Tag wieder, „du, die du von dort oben die Berge siehst, glaubst du, dass es heute schneien wird?"

Die kleine Taube antwortete wie immer - gurr, gurr, gurr - und so lief Rita zum Bach, ohne Schal, ohne Hut und ohne die Skier, die die Eichhörnchen normalerweise tragen, wenn es schneit.

Aber ... sehr bald fing es an zu schneien! Zuerst leicht, dann immer stärker, und in wenigen Sekunden war der ganze Hügel mit Schnee und Eis bedeckt, sodass Rita ausrutschte und nicht mehr als ein paar Meter zurücklegen konnte. Traurig und müde kehrte sie nach Hause zurück.

Mit der Zeit hörte Rita auf, ihre Nachbarin, die Taube, zu grüßen. „Wenn sie mich nicht versteht, wozu soll ich dann Hallo sagen oder Fragen stellen?", dachte sie.

Bis eines Tages der Fuchs aus dem Tal kam. Rita spielte und rannte herum, als der Fuchs sie überraschte und nach ihr schnappte.

„Was für ein leckeres Mittagessen", dachte der Fuchs.

„Hilfe, Hilfe!", rief Rita, „der Fuchs kommt!" Und sie wiederholte immer lauter: „Hilfe, Hilfe, der Fuchs kommt!"

Im Nu tauchte ein Heer von Tauben auf, umzingelte den Fuchs und begann ihn zu umkreisen. Eine Runde, zwei Runden, drei Runden, … immer und immer wieder, bis der Fuchs benommen und schwindlig die Flucht ergriff.

„Danke, Taube", rief Rita keuchend, „Danke, du hast mir das Leben gerettet."

Von diesem Moment an,

spielte es keine Rolle mehr dann,

ob das kleine Eichhörnchen

sich verstanden fühlte oder nicht:

Immer wenn es das Haus verließ,

grüßte es seine Nachbarin, so süß.

Rita, das Eichhörnchen, wusste,

dass sie verstanden wurde,

auch wenn «gurr, gurr» die Antwort war,

auf ihr «Guten Morgen, Täubchen, lieber Nachbar».

Strudel

„Besser Geschick als Stärke".

Für Lucas: Wenn Mut menschliche Gestalt annimmt.
(März 2021)

In der Nacht zuvor hatte es stark geregnet. Das Tageslicht war jetzt grell. Die Strömung des Flusses rauschte laut. Und inmitten dieses Getöses: Fern!

Fern war weder groß noch klein, weder dick noch dünn, mit einem ernsten, aber heiteren Gemüt, und klug – ja, sehr klug.

Fern war ein Überlebenskünstler. Er war ein tapferer und kämpferischer Ameisenjunge, der sein halbes Leben auf dem Fluss verbracht hatte, um auf den für ihn rauen Gewässern des Flusses zu surfen, der durch die kentische Ebene floss.

Die andere Hälfte seines Lebens verbrachte er unter der Erde in seinem Ameisenhaufen und übte auf seinem statischen Surfbrett, während der Winter verging.

Jetzt bildete Fern einen Lehrling aus, Lino. Dieser war kleiner, kichernd und ruhig. Man könnte sagen, dass Lino ruhiger war. Er liebte das Surfen, aber nicht so sehr. Er genoss mehr die Gesellschaft seines Meisters, seines Freundes.

Fern und Lino, Lino und Fern verbrachten viele Stunden auf dem Surfbrett. Fern gab Anweisungen. Lino hörte aufmerksam zu. Der Lehrer führte die Expedition den Fluss hinunter. Der Schüler wiederholte klaglos, was er gelernt hatte.

„Halte das Gleichgewicht", sagte Fern, „benutze die Hand zum Wenden", beharrte er, um ihn zum zweitbesten Surfer auf dem Fluss Azuer zu machen. „Wenn du das Tosen des Wassers hinter dir hörst, spring schnell! Die Welle kommt! Steh auf! Nimm die Welle und trage sie bis zum Ende!", sagte der inspirierende Meister begeistert.

HAWAY BEACH

Wie oft war Lino vom Wasser geschubst worden? Wie oft war er vom Brett gefallen? Ich weiß es nicht. Viele Male. Genauso oft war er wieder aufgestanden, entschlossen und mutig, und hatte es wieder versucht, willig und glücklich.

Wenn er fiel, war Fern immer da, um ihn wieder aufzurichten. „Hast du gesehen, warum du gefallen bist?“, fragte Fern. „Hast du den Wasserstrudel nicht gesehen?“

„Doch“, antwortete Lino, „aber ich habe mich geirrt. Ich wusste nicht, dass es ein Stolperstrudel war.“

„Genau! Es war ein Stolperstrudel“, fuhr der Meister fort. „Diese Strudel befinden sich an den Ufern von Flüssen, um die Surfer zu verwirren und zu Fall zu bringen: Sie führen in die Irre, täuschen und lähmen. Wenn du sie nicht rechtzeitig erkennst und schnell an ihnen vorbeikommst, können sie dich tagelang gefangen halten“, erklärte Fern Lino, „dann drehst du dich im Kreis und kommst nicht weiter.“

Lino schüttelte den Kopf, als hätte er diese Schelte schon oft gehört.

„Hopp!“ Sie halfen sich gegenseitig wieder auf ihre Surfbretter. „Lass uns noch einmal aufbrechen, lass uns den kleinen Bach da drüben nehmen, der führt uns zum Brunnen des Schatzes“, sagte Fern.

„Was?“, rief Lino, „Was hast du gesagt?“ Er sah ihn aufmerksam an. Der Brunnen des Schatzes? Lino starrte seinen Meister an. „Welchen Schatz?“ Linos Augen wurden immer größer. „Gibt es einen Schatz im Fluss und du hast mir nie davon erzählt?“, fuhr der Schüler neugierig fort.
„Ja, natürlich“, antwortete der Meister ruhig.

„Auf
geht's!" Lino sprang auf und surfte mit
Vollgas den Fluss hinunter, um den Schatz als Erster zu
erreichen.

„Nein, warte!", rief sein Meister von hinten, „es gibt Strudel, von denen du nichts weißt."

„Warte, warte", rief Fern.

„Fang mich, wenn du kannst", antwortete Lino.

„Ich werde dich nicht fangen, du wirst zuerst fallen."

„Das wird nie passieren, denn ich bin der große Lino."

„Das wird dich vom Brett reißen, mein Freund."

„Was? Wer wagt es, mich zu stürzen?"

„Der da drüben, der Strudel."

Plumps! Und da fiel Lino wieder ins Wasser, mitten in den Fluss.

Mit Ferns Hilfe schaffte er es, sich über Wasser zu halten. „Komm, komm hoch, folge mir, du bist erschöpft, du musst dich ausruhen." Fern
führte seinen Schüler auf die andere Seite des Flusses. In der Ferne war das Rauschen des Wassers zu hören. Lino erschrak ein wenig:
„Ein Strudel!", rief er erschrocken.

„Ist ja gut, komm, das ist ein Strudel zum Luft holen. Diese Strudel sind zum Ausruhen da. Das Wasser dreht sich langsam. Es
dreht sich im Kreis. Immer und immer wieder. Langsam. Schritt für Schritt. Es schafft Zeit. Es hilft dem Surfer, wieder zu
Atem zu kommen."

Nach einer Weile, in der er im Strudel des Atems seine Runden drehte, erinnerte sich der kleine Lino an
den Brunnen des Schatzes. Dann öffneten sich seine Augen und sein Mund: „Der Schatz!" Und
die beiden Surfer machten sich flussabwärts auf die Suche nach dem Brunnen, in dem der
Schatz lag.

Wenige Minuten später leuchtete in der Ferne der Schatz auf, den unsere Freunde suchten. Wie kam man dorthin? Ein zwei Meter tiefer Graben trennte den Schatz vom Fluss.

„Folge mir, Lino", sagte der Meister.

„Sei vorsichtig, das ist ein Strudel", sagte der ängstliche Schüler.

„Keine Angst, das ist ein Springstrudel."

„Ein Springstrudel?", war Lino überrascht.

„Ja, er wird uns helfen, über den zwei Meter tiefen Graben zu springen. Ohne den Schub dieses Strudels würden wir den Schatz nie erreichen.", sagte der Meister.

Und so begaben sich Schüler und Meister, ängstlich, aber entschlossen und mutig, in das Auge des Strudels, und … eine Umdrehung, zwei Umdrehungen, drei Umdrehungen … Jede Drehung wurde schneller und schneller. Und noch eine Drehung, so schnell, so schnell, dass die beiden tapferen Ameisen wie eine Rakete auf der Suche nach ihrem Schatz davonflogen. Die Mühe hatte sich gelohnt!

Im Leben, wie in Flüssen, so klar,

begegnen wir Strudeln, mal hier, mal da.

Einige lähmen uns, ziehen uns hinab,

andere beruhigen uns oder treiben uns an,

und obwohl keiner ist schlecht oder gut,

bringt nur das rechtzeitige Erkennen uns
voran.

Diese Strudel, ein Tanz im Fluss der Zeit,
tragen uns bis zum Schatz so weit.

Dinge des Regens

„Besser zu geben als zu nehmen“.

Für meine Nichten Olga, Alba, Marta und Africa
(Juni 2021)

Eins, zwei und drei. A, B und C.

Alba, Bea und Celia waren die drei fröhlichsten, lustigsten Tröpfchen, die man je an diesem Ort gesehen hatte. Immer zusammen, immer rennend, immer spielend, immer erfindend und vor allem immer lachend.

Alba war sehr akribisch, immer so ordentlich und organisiert; Bea war die Frohnatur der Gruppe, die immer für gute Laune sorgte; Celia war eine Abenteurerin, sie interessierte sich für alles, lernte von allem und sprang in alles hinein.

A, B und C; Alba, Bea und Celia, oder Celia, Bea und Alba (es war egal, in welcher Reihenfolge sie genannt wurden) lebten glücklich auf ihrer Wolke, und sie waren immer auf ihrer Wolke. Sie waren immer glücklich zusammen, und obwohl sie sich gerne mit vielen anderen Tropfen aus ihrer Wolke und den umliegenden Wolken trafen, beendeten sie den Tag immer zu dritt. Vor dem Schlafengehen erzählten sie sich gerne, was sie gelernt hatten und was ihnen seit dem Morgen widerfahren war.

„Wenn ich etwas älter bin, werde ich mir die schönste Pfütze der Welt suchen, in die ich hineinspringen kann“, sagte Alba eines Abends zu ihren beiden kleinen Freunden. Ich denke, eine gute Pfütze, groß und tief, damit ich mich nicht verletze, wenn ich hineinfalle, und wo ich von vielen anderen kleinen Tropfen wie uns umgeben bin.

Man hat mir gesagt, dass man bei Regen überall hinfallen kann, wenn man nicht nach einer guten Pfütze sucht. Ich will mich nicht verletzen, wenn ich hineinfalle! Und ich will nicht allein sein!

„Ich würde gerne einen Fallschirm mitnehmen“, sagte Bea noch am selben Tag. „Das wäre ein Riesenspaß!“, erklärte sie ihren kleinen Freunden. „Auf dem Weg nach unten kann ich viele andere Tröpfchen treffen und mit ihnen plaudern, lachen und spielen. Das wird superspannend! Wohin ich auch falle, meine Freunde, ich nehme meinen Fallschirm mit.“

„Und du, Celia?", fragte eines der Tröpfchen.
„Ich weiß es nicht, um ehrlich zu sein."

Ich bin nur ein Tropfen,
ein Tropfen nicht mehr;
ein Tropfen ist ein Tropfen;
gemacht, um zu fallen, um zu nässen,
zu zerfallen, zu erfrischen …
Wenn ich von hier oben falle, werde ich wohl hierher zurückkehren,
wenn ich Celia heiße, werde ich wohl in den Himmel zurückkehren.
Es ist mir egal, ob ich zerfalle,
dafür wurde ich schließlich erschaffen.
Wenn ich herunterfalle und die Erde wird nass,
wird die Sonne mich aufsteigen lassen.

Die beiden anderen Tröpfchen waren verblüfft von Celias Weisheit und
dem Zauber ihrer Worte: «Es ist mir egal, ob ich zerfalle, dafür wurde ich
schließlich erschaffen. Wenn ich herunterfalle und die Erde wird nass, wird
die Sonne mich aufsteigen lassen». Aber ihre Augenlider waren stärker als
ihre Neugier. So schliefen sie ein.

Am nächsten Morgen kam der lang ersehnte Tag. Bald bedeckten dunkle Wolken den Himmel. Die Sonne wurde für einen Moment verdeckt. Der Wind ließ schnell nach und die Wolken drängten ihre Tröpfchen von oben herab:

„Kommt, ihr alle! Kommt schon! Es ist Zeit für Regen! Springt, springt! Jetzt seid ihr dran! Tränkt die Erde!"

Eins. A. Alba sprang als Erste. Ihre Pfütze war bereit. Es war ein Abenteuer zu springen, und als sie ankam, wurde sie von Hunderten von freundlichen Tropfen lachend begrüßt.

Zwei. B. Bea sprang kopfüber hinein, was für ein Spaß, und auf halbem Weg nach unten öffnete sich ihr Fallschirm. Sie konnte den Fall und die sichere Landung so genießen, wie sie es sich gewünscht hatte.

Drei. C. Celia schloss die Augen, zählte bis drei und holte kurz Luft. Begeistert von der Ungewissheit, nicht zu wissen, was vor ihr lag, ließ sie sich ohne Angst fallen, was auch immer geschehen würde.

Es war der erste Regen im Frühling,
manche sagen, er war der beste, ohne Zweifel.
Dank ihm war die Erde weich und fein,
das Dorf voll Kinder, die sprangen in Pfützen rein.
Diese Tropfen, lebendig und klar,
mit Abenteuern, noch nicht offenbar.
Alba, Bea und Celia, auf ihrem Weg,
verabschieden sich für den Moment.
Und wenn sie nicht gestorben sind,
dann leben sie noch heute.

Santos CS Bermejo

Luisto+ Quintanar

Über den Autor:

Santos CS Bermejo wurde Ende der Siebzigerjahre in der malerischen Region La Mancha in Spanien geboren, nicht weit von dem Ort entfernt, an dem Cervantes Jahrhunderte zuvor Don Quijote gegen Windmühlenriesen kämpfen ließ.

Nach dem Studium der Philosophie und Theologie zog es ihn auf abenteuerliche Weise nach England.

Die Geschichte, das Märchen und die Parabel sind für ihn ein unermessliches Reservoir an Weisheit und ein privilegiertes Mittel zur Weitergabe von Wissen und Kultur.

Davon zeugen seine zahlreichen Beiträge zu nationalen und internationalen Anthologien und Zeitschriften sowie sein jüngstes Kinderbuch „Hoja de caer".

Das Leben und seine Geheimnisse haben ihn zu **Luisto+ Quintanar** geführt: Manchego, Quijote, Karikaturist, Abenteurer. Ihm verdanken wir die Verschönerung der „Geschichten aus dem Medway" mit seinen Zeichnungen und seiner Intuition.